T0171394

Secretos

Segundo volumen
de poesías

Frank Alvarado
Madrigal

*A mi querida
hija Hazel Alvarado*

Sobre el autor

Frank Alvarado Madrigal es excatedrático de inglés en Estados Unidos. Sus poesías han sido publicadas en muchos países, siendo aceptadas con gran interés por amantes de la palabra poetizada, profesores y estudiantes en escuelas, colegios y universidades. Actualmente se encuentran en el mercado cuatro libros de poesía: **Simplemente tú y yo, Secretos, Añoranza** y su antología poética:*"Ensueño"*; todos ellos dotados de un gran romanticismo así como de un estudio crítico literario en la sección final de cada poemario. Una gran serie bilingüe, en español e inglés, sobre **cuentos infantiles** muestran el genio creativo de este versátil escritor. Cabe mencionar la originalidad que se manifiesta en su obra de teatro, **"Pitirre no quiere hablar inglés"/ Pitirre does not Want to Speak English,** drama controversial vivido por Pitirre, querido símbolo puertorriqueño, en que a través de un lenguaje regional, descripción de paisajes y destellos de letras de canciones netamente boricuas, el autor nos presenta una clara visión sobre el sentir nacionalista de un creciente sector del pueblo puertorriqueño.

5

Secretos

Segundo volumen
de poesías

Glosario

Secretos

Dejad que sea
mi poesía
la que os platique
acerca de mi vida.

Dejad que sea ella
la que os diga
la noche en que me vio
sollozando bajo las estrellas.

Dejad que en secreto,
os cuente, que la luna
lloró junto a mí
el día en que te perdí.

Dejad que mis versos
os manifiesten sobre estas hojas
el día que en el cielo
muriéronse todas las rosas.

¡En fin!
Dejad que sean mis versos
los que te hagan sentir
lo mucho que por ti sufrí.

Deseos

¡Quién fuera luz!
¡Quién fuera sol!
para cubrir tu cuerpo
con todo mi amor.

¡Quién fuera noche!
¡Quién fuera almohada!
 para estar en tu sueño
en la madrugada.

¡Quién fuera gaviota!
¡Quién fuera su vuelo!
y de tu conquista
ser el primero.

¡Quién fuera candado!
¡Quién fuera su llave!
y con mucha ilusión
vivir en tu corazón.

¡Quién fuera el mar!
¡Quién su vertiente!
y a voces gritar
nuestro amor a la gente.

¡Quién fuera primavera!
¡Quién su verde color!
y entregarte por siempre
todo mi amor.

¡Quién fuera verso!
¡Quién un poema!
para con mis palabras
ahuyentarte las penas.

¡Quién fuera el río!
¡Quién su corriente!
para tu amor y el mío
unir para siempre.

Yo he estado allí...

Yo he estado allí...
donde los colores de las flores
retoñan en nuevos amores,
donde la brisa sin prisa
brinda una dulce sonrisa,
donde el río riega y baña
a la tierra su entraña.
Yo he estado allí...

Yo he estado allí...
donde la luna de plata
entona en la noche su serenata,
donde felices estrellas
danzan canciones muy bellas,
donde en el silencio de la noche
no se escucha ni un solo reproche.
Yo he estado allí...

Yo he estado allí...
donde las estaciones del tiempo
perfuman el viento,
donde el tibio verano
al invierno estrecha su mano,
donde la fresca primavera
besa al otoño de forma sincera.
Yo he estado allí...

Yo he estado allí...
donde las rosas son más hermosas,
donde las flores dan sus olores,
donde los sueños son un ensueño,
donde en el amor no hay más dolor
donde en la vida no hay despedida,
donde de noche y de día hay alegría.
Yo he estado allí...

Yo he estado allí...
donde el amor, la alegría y la ilusión
son estrofas de una misma canción,
donde no existen penas en los poemas,
donde la vida es una bella poesía.
Ahora yo te pregunto: ¿Quieres venir
y vivir por siempre feliz? Porque yo...
Yo he estado allí...

Castillo de Arena

La luna fue testigo
del más lindo amor
vivido en un castillo,
construido ladrillo
sobre ladrillo,
dentro de mi corazón.

Donde yo era tu rey
y tú mi bella reina.
Donde las rosas lucían
aún más hermosas,
para cubrir
con sus fragancias,
nuestros cuerpos
llenos de locas ansias.

Donde asidos de las manos
paseábamos por los jardines
de la felicidad, soñando
con futuros soberanos
en nuestro castillo,
algún día dejar.

Mas un triste día,
como si fuera de arena,
mi castillo se derrumbó
sepultando todos mis sueños
y dejando profundas huellas
dentro de mi corazón.

Sufrimiento

Te quise...
y los labios me mordí.
Te adoré...
y en mi pecho
un llanto escuché.

Mas solo yo sabía
que aún yo la quería.
Mas solo yo sabía
que mi corazón
aún sufría.

No quise renacer
un amor que ya se fue.
No quise encender
la hoguera de un amor
que ya hoy no puede ser.

No quise darle gusto
a la vida
de que me juzgara,
sentenciara y condenara
por el mismo delito otra vez.

No quise darle gusto
a la vida
de que me resucitase
y enterrase
por segunda vez.

Consejos

Es muy fácil aconsejar
en asuntos del corazón:
"No sufras más",
te aconsejan los demás.

"Déjale, vete a bailar,
le tienes que olvidar,
encuentra alguien que te dé
lo que no te quiso dar".

Es muy fácil aconsejar
cuando no se está en el lugar
de quien sufre en ese momento,
de quien no siente; lo que siento.

Pero mientras tanto,
¿Cómo paro yo mi llanto?
¿Cómo hago para olvidar
a ese ser que amo de verdad?

Mientras tú
no estabas

Mientras tú no estabas,
las mariposas en su volar
sus colores al jugar
ya no quisieron desplegar.

El alegre trinar
de los coloridos pajaritos
que nos venían a visitar
no se escuchó más.

El sol se ocultó
y en la tierra
un nuevo amor
no germinó.

El río su agua estancó
y en sus márgenes
una bella flor
ya no floreció.

Mientras tú no estabas,
a los marineros en el mar,
las lindas sirenas,
ya no quisieron más cantar.

Las olas a las arenas
su beso de pena dejaron
y en las profundidades
sus lamentos se escucharon.

El arco iris su belleza
de gris tiñó en sus colores
dejando mucha tristeza
en nuestros corazones.

El universo que un día existió,
ahora carente de movimiento,
a nuestro planeta dejó
sin su azul firmamento.

Y en un mundo sin metas
se convirtió este universo;
no se escribió un solo verso
al desaparecer los poetas.

Temporal

Lluvia de amor,
tormenta de ilusiones,
huracán de sueños,
tornado de pasiones.

Fuego en el besar,
ardiente al abrazar,
deseo al suspirar,
miel en su mirar.

¡Así eres tú!
Ven calma esta inquietud,
ven calma la pasión
que guardo en mi corazón.

Hoy siento mucha prisa
de que me des una sonrisa;
enloquezco día a día
al saber que no eres mía.

Suerte furtiva

Que te regale las estrellas,
eso es imposible en la realidad
y aunque las bajara a todas ellas;
jamás me llegarás a amar.

Porque yo vivo sufriendo
y por dentro maldiciendo
mi suerte tan furtiva
de no tenerte hoy cautiva.

Sabes bien que tu corazón,
a ese hombre, ya no ama
y mientras duerme en tu cama,
yo pienso en ti, como sabrás.

Este pensamiento en soledad,
presente en nuestra amistad,
es mi más acérrimo enemigo
dándome el castigo,
de no poder contigo estar.

Decide de una vez,
ya no me hagas padecer.
Habla ahora o calla
pero ya no te me vayas
pues me vas a enloquecer.

Y si por lástima has de venir,
hoy estoy tan desesperado
que a mi corazón no voy a decir
que el tuyo no está del mío,
ni tan siquiera enamorado.

Síntomas
del amor

¿Has sentido alguna vez
cómo el alma desvanece
sin saber tú qué hacer?

La desesperación crece,
pérdida de memoria,
de sonrisa y lucidez.

Tu figura se transforma
en simple sombra
sin ninguna brillantez.

¿Has sentido alguna vez
cómo el alma desvanece
sin saber tú qué hacer?

Pérdida de apetito,
de sueño y sensatez;
deseas desaparecer.

Todo vacío está;
nada existe ya.
¿De qué vale mi vida
si nunca más volverá?

Sangre

Hay sangre que no se ve
corriendo bajo nuestra piel;
escondiendo el pasado,
de un triste ayer.

Hay sangre que no se ve
con recuerdos por doquier;
con heridas de un pasado,
que mancha nuestro ser.

Circula a toda hora
sin prisa ni demora;
desplegando los matices
de profundas cicatrices.

Habita en el corazón
y también en la mirada;
siempre está presente
aunque estés ausente.

Hay sangre que no se ve
ni los doctores la detectan.
Roja y amarga como el vino,
compañera en tu destino.

Circula por la mente
guardando una esperanza;
vaga entre la gente,
en el tiempo y la distancia.

Drama un día fue
de una gran pasión;
una bella ilusión
de un atardecer.

Hay sangre que no se ve
y hoy, aún, no sé por qué
conservo tu mirada
como cuando te besé.

Sin palabras

¡Qué muchas palabras
en mi garganta se ahogaron
el día que de tu vida
me borraste para siempre!

Quise rogarte;
decirte que te quedaras.
Quise explicarte;
pedirte que no te marcharas.

Que tú eras todo en mi vida.
Que sin ti ya no sería
feliz un solo día.
Que sin ti; yo moriría.

Mis pensamientos no expresaron
lo que mi corazón a gritos imploraba.
Mis pensamientos solo fueron
un llanto ahogado y muy desesperado.

Obsesión

Lenta como la miel al caer;
así tardó mi tristeza en desaparecer.
Rápido como el vuelo de un halcón
se fugó el amor de vuestro corazón.

No puedo aún creer
que todo el querer
que día a día yo te di;
hoy no exista para ti.

Mi corazón se niega a aceptar
que hoy te tenga que olvidar;
no quiere comprender
que ya me dejaste de querer.

Mi corazón no despierta de su sueño
al creer aún que es tu dueño;
ciego está a la realidad
de que el tuyo está lleno de maldad.

Auxilio

Rayos y centellas
coronan mi frente
en esta noche de locura,
carente de estrellas,
pero llena de amargura.

Sombras tenebrosas
son mis pensamientos,
que como fantasmas
rondan mis adentros,
provocando sin demoras
con el paso de las horas,
un fuerte agitamiento.

En mi mundo existía luz
cuando me mirabas tú;
hoy que ya te has ido
mi vida ha sucumbido,
ya no soy el mismo
y en un oscuro abismo
me encuentro sumergido.

Ven y reverdece mis pasiones
no permitas que se acabe
un mundo de ilusiones;
utiliza ya la llave
dando paso a la pasión
que guardas en tu corazón.

Falso amor

Si tu amor era sincero,
¿Por qué me dijiste:
"Ya no te quiero"?
Si tus promesas
no eran embustes,
¿Por qué me dijiste:
"Ya no me busques"?

Fue fácil para ti
el olvidar
que solo yo
te supe amar.
Fue fácil olvidar
que yo te amaba
de verdad.

Mi mundo deshiciste
en un instante,
la soledad de mí
se apoderó,
la sonrisa de mi rostro
se borró,
el día que te fuiste
con tu amante.

Imaginándote

Es tu mirada núcleo y eje a la vez,
creadora de mágicos destellos
que hoy forman parte de mi ayer;
de esos momentos bellos
que hoy me hacen desfallecer.

Hoy, cierro mis ojos
y miro por doquier,
rayos esmeralda
adornando una bella flor
convertida en mujer.

Hoy, cierro mis ojos
y miro por doquier,
rayos color cielo
realzando a una diosa
convertida en mujer.

Hoy, cierro mis ojos
y miro por doquier,
tu dulce y sonrosada boca
acariciando entreabierta
mis labios embriagados de placer.

Colmena

Perfume de azucena
emana de tu piel;
tu cuerpo es una colmena
llena de exquisita miel.

Como dos luceros
son tus ojos,
como oscura noche
tu larga cabellera.

Como dos rosas
son tus labios rojos,
que me tienen loco
por la espera.

Luz fugaz

Luz fugaz que tocaste mi corazón
creando en mí la ilusión
de tu amor algún día
poder yo alcanzar.

Luz resplandeciente
que al pasar
atinaste a cambiar
mi manera de pensar.

Mi permanente tristeza
convertiste en felicidad;
hubiese yo deseado que fuese
para toda una eternidad.

Mas fugaz como tu resplandor,
así mi dicha tardó en desaparecer,
quedando yo peor que antes;
con la resta de un feliz ayer
y la suma de un triste amanecer.

Tiempo al tiempo

Y pensar que un día yo creí
que sin ti me iba yo a morir,
que la tierra se abriría
y a mí me tragaría.

Que sin la luz de tu mirar;
jamás mi rumbo iba a encontrar,
que la miel de tu besar
en otros labios no iba hallar.

Temblaba de solo pensar
que conmigo no pudieras más estar,
en mi triste imaginación
no había espacio para otra ilusión.

Mas hoy feliz me siento
al saber que tú te has ido
y dentro de mi corazón
un nuevo amor ha florecido.

Serenata

He venido a la orilla del mar
a cantarte una canción especial.
He venido pensando quizás,
que al nuevamente mirarnos,
tú ya no te quieras marchar.

He venido con amorosa sonrisa
y palabras de amor a cantar;
con deseos ansiosos, mi vida,
de que por fin, hoy decidas
que a mi lado te vas a quedar.

Cantaré las más dulces canciones
que jamás poeta haya compuesto.
A través de las constelaciones
mis melodías presto viajarán
para decirte que contigo quiero estar.

Nuestros palpitantes corazones
como niños impacientes jugarán
entre la blanca espuma del mar
y rítmicas olas atestiguarán
el amor que hoy te vine a entregar.

Las hora lentas han pasado
y aún tú no has llegado.
Mañana, igual que ayer,
a esta orilla del mar regresaré
a cantarte otra canción especial…

Déjenme llorar

Déjenme llorar.
Quiero con mi llanto
borrar el desencanto
que hoy me hace temblar.

Déjenme olvidar
este gran dolor,
culpa de un amor
que llevo en el corazón.

No me den pañuelos;
si fui su ceñuelo,
mis lágrimas hoy
a enjugar no voy.

Quiero con mi llanto
cicatrizar la herida
y dejar perdida
a la que un día
me juró lealtad.

Déjenme llorar,
déjenme olvidar,
que se oiga mi lamento
del dolor que siento
hasta el más allá.

Sistema Planetario Solar

He viajado por el Sistema
Planetario Solar.
He ido a investigar
el por qué del lindo brillo
de tus ojos al mirar.

Un coro de ángeles
me ha dicho que tu canto
no es igual; que vuelvas pronto
para completar con tu dulce voz
la bella nota celestial.

Por el espacio viajaré mirando modas;
con las estrellas adornaré
tu velo y tu corona
y con las nubes yo te haré
el más bello traje de bodas.

Una vez más

Vuelve a sentir
las caricias
que un día
te hacían sufrir
y vibrar de emoción.

Vuelve a oír
mis notas de amor
que en más de una noche
en mi dulce canción
canté a tu corazón.

Verás que la luna
brillará más clara
cuando tus ojos
miraren a través
del fondo de mi alma.

Y en cálido abrazo,
en un nuevo hechizo;
soñemos juntitos
que tú eres ya mía
y yo soy tuyito.

Sed

Oh! Amor mío,
        bebe de mi fuente,
en ella hallarás
        agua cristalina.
Apaga en ella
        ese amor ardiente;
así te sentirás
        feliz y más tranquila.
Y si tu febril deseo
        en mi fuente
no se apagase;
        es tan puro mi amor,
que le apagaría
        aunque solo te besase...

Castigo

Lo tenías todo ya planeado
con mucha imaginación,
el día que te marchaste de mi lado
y gozaste tu traición.

Lo tenías ya planeado
con mucha anticipación,
no te importó nada
burlarte de mi amor.

Tú vas por una senda
y yo por otra voy,
mas eso ya qué importa
si muy feliz yo soy.

Ya algún tiempo ha pasado
y cambiaron nuestras vidas,
mas tú lo que has logrado
es sangrar por tus heridas.

No me alegro de tu suerte
pero lo tenías merecido;
porque el error que habías cometido,
no lo pagarás ni luego de tu muerte.

Felicidad

Aún no se apagaba
en mí aquella vela
que con tu amor un día
dejaras encendida,
muy dentro de mi corazón,
alimentando la ilusión
de poderte abrazar
y tus labios yo besar.

Ahora me siento muy feliz
de que sembraras este amor;
es profunda su raíz.
Eres el ser que amo de verdad.
Hoy has vuelto a nuestro hogar;
ya no tendré más soledad,
mi sueño, por fin,
lo has hecho realidad.

Libertad

Un día la paloma
de su nido se alejó;
buscando nuevos rumbos
contenta ella voló.

Volando y cantando
alegre se marchó;
solo y abatido
a su amor ella dejó.

De dichas y placeres
el mundo la colmó;
sus pasados amores
ya nunca recordó.

¡Danza en el cielo!
¡Evoca tu canción!
Vuela por los aires,
al compás de un bello son.

Explicación

¿Cómo explicar al mundo
nuestra verdad?
¿Cómo explicar nuestra
pasada felicidad?

Nadie entendería
lo que tú y yo gozamos
a escondidas.
Ese será nuestro
secreto para el resto
de nuestros días.

Aunque nuestro amor
fue muy discreto;
la gente se enteró
de tu adulterio,
pero la víctima fui yo,
pues me enviaste
al cementerio.

Yo no tuve la culpa de nada
solo sé que te amé
como a nadie he querido
y me duele mucho hoy
el yo haberte perdido
sin habérmelo merecido.

Te necesito

Te necesito como
el tiempo a la distancia.
Te necesito como
el mar al ancho río;
como el pez
a la cristalina fuente.

Te necesito
en mi imaginación
caminando hacia mí
con el vaivén de las olas,
contorneando en cada paso
tu figura encantadora.

Te necesito como
el impulso de la sangre
al corazón
para unir con sus latidos
tu tierno amor al mío.

Y al igual que la rosa
necesita del rocío;
así también
yo necesito
tu nombre junto al mío.

Rumores

No hagas caso mi bien,
de lo que comente la gente,
total, ellos no saben
lo que tú sientes.

Yo te amo y adoro
de verdad;
deja que murmuren.
¿Qué más da?

Yo te demostraré algún día
que después de ti no amaré
a más nadie en esta vida;

pues tú eres la joya más querida
que en mi pecho llevaré
siempre prendida.

Contradicción

Mi mente dice no;
sí, me dicta el corazón.
¿A cuál le hago caso
después de mi fracaso?

El orgullo no me deja hablar
cuando te llamo por mi celular;
herido muy herido estoy.
¿No sé qué hacer hoy?

Me confunde esta indecisión
que atormenta a mi pobre corazón.
¿Qué haré con este padecer?
¡Creo que voy a enloquecer!

Lumbre

Y si queriendo encender una noche,
las antorchas de mi corazón al rojo vivo,
de su letargo quizá despierte muy herido
por el tormentoso amor
que me has ofrecido.

Mucho tiempo en silencio he soportado
el mal trato y reproches que me has dado;
tanto de día como de noche me has ignorado
y en el pecho, mis gritos de angustia,
he encerrado.

Nunca olvidaré todo lo que me has hecho;
aunque mi amor por ti,
lo llevaré dentro de mi pecho,
pero lo que jamás te perdonaré
es que hayas olvidado nuestro lecho.

Flor de azálea

¿Es que tú,
    hermosa flor de azalea,
no te has dado cuenta
    que mi pena es gigante?

¿Es que tú,
    bella y fragante flor,
no te has dado cuenta
    de mi estado delirante?

¿Es que tú,
    dulce inspiración,
no te has dado cuenta
    que mis pasiones se enardecen
y en mis adentros se enfurecen?

Sobre todo al saber
    que tú siendo mi amante,
otro hombre de tu belleza
    siempre vigilante,
mis esperanzas ahogó
    él triunfante.

Falsas
promesas

Tú decías amarme;
yo creía en tus palabras.
Tú me besabas;
mientras yo te hacía mía.

Navegando sobre mares
de placer, te entregué
cuerpo y alma en un ayer,
que ya hoy no puede ser.

Aléjate y no vuelvas más,
contigo ya no quiero estar;
llévate tus mentiras,
tu engaño y tu maldad.

Vete ya con tu traición,
llévate esas falsas promesas
que tanto ilusionaron
a mi iluso corazón.

Dilema

¿Por qué te tengo que dejar?
¿Por qué te tengo que olvidar?
¿Por qué en vez de odiarte;
cada día te amo más?

¡Cuántas veces callé,
y mi llanto refrené!
¡Cuántas veces evité,
sufrir como sufrí ayer!

Inolvidable

Un amor como el tuyo
imposible será de olvidar;
no hay ser en este mundo
que las lágrimas
pueda refrenar.

Separarnos hemos de,
besarnos un sueño será,
intento inútil rehacer
un ayer que ya hoy
no puede ser.

Desesperación

Una sonrisa, una mirada,
pero no me dices nada.
¿Hasta cuándo te vas a decidir;
no ves que me siento ya morir?

Habla pronto, no me hagas soñar.
Ya más no puedo esperar
en el día en que tú vendrás
y por fin me besarás.

Enamorada

La pequeña niña llora,
        llora y canta a la vez;
no sabe mi pequeña rosa
        que su corazón,
por fin, ha vuelto a renacer.
        Aún tú no lo sabes…
y yo, hace tiempo que lo sé.

Labios seductores

De la naranja me gusta su jugo
y la miel que tienen las cerezas;
pero lo que más me agrada
es el sabor de tus dulces labios
cuando a mis labios besas.

El ánfora mágica

Frota el ánfora mágica,
frótala de una vez
quizá así de ella,
el mago te conceda su querer.

Sobre alfombra volará
desde una tierra muy lejana;
mil palacios le abrirás
esa dorada mañana.

Bufones, pajes y esclavos.
¡Todo un acontecimiento!
Cumplirán así tus deseos,
como fieles a un mandamiento.

Bésame

Bésame, bésame
    mi amor.
Muérdeme los labios
    con pasión.
Haz que salga mi
    sangre
de lo más profundo
    de mi corazón.

Sin ti

Ya no podré vivir mi fantasía.
Ya no podré vivir mi felicidad.

Nada ya podré en esta vida,
nada, nada - si ya no estás.

Mas una cosa sí podré:
Morir en mi soledad ....

Te quiero

Te quiero, te quiero tanto;
mi corazón hoy sufre
envuelto en llanto
los desvaríos de tu atrevimiento.

Gritar que te quiero, sí,
a los mil vientos gritaré
que te quiero, que te amo,
que sin ti; vivir es vano.

Llanto y risa

Si en un tiempo
    tu amor me apasionó;
tu mirada y caricia
    también me trastornó.

El tiempo vivido
    y mi olvido fueron dos;
que en llanto y risa
    se fundió.

Soledad

Navega un barco
en la oscuridad,
vaga mi alma
en la soledad,
transita callada
en la madrugada.

La nave se aferra
a un puerto de luz,
mi espíritu llora;
ya no estás tú.

No hay capitán
sobre su puente,
solo un dolor
aquí en mi mente.

Murmuro tu nombre;
nunca respondes.
Duermen los lirios
en la montaña.
Mi vida se apaga;
no habrá un mañana.

¡Qué amargo vino
es mi destino!
Migajas de amor
me dio la vida,
sobre mi mesa
fueron servidas,
mas ni eso hoy
es mi comida.

Dietas y ayuno.
¡Qué infortunio!
Salí de viaje
sin equipaje.

La luz del puerto
nunca se vio;
mi vida naufraga
sin un adiós...

Pensión alimenticia

Huye de él si le vieses
pues no puede tener corazón,
quien te abandonó sin razón
después de que tú nacieses.

Es un monstruo de maldad,
de muy mal sentimiento,
provocar el sufrimiento
es su felicidad.

No te ama, no te añora,
nunca pronuncia tu nombre;
no se puede llamar hombre
a quien su fruto ignora.

Desprécialo donde quiera que vayas,
ya que, con intencionada malicia,
nunca por tu pensión alimenticia,
se preocupó ese canalla.

Monstruosidad

Ya tendría un añito
y daría su primer pasito.
Ya tendría un año
y su fiesta de cumpleaños.

Hoy tendría ya dos años
y me acariciaría con sus manos.
Hoy me llamaría mamá
y también diría papá.

Me estoy volviendo loca
y en mis sueños yo le veo.
Miro en sus labios su sonrisa
y también su tierna risa.

Hoy tendría ya tres años
y un pastel de cumpleaños;
tres velitas encendidas
y yo ninguna herida.

Hoy tendría cuatro añitos
y me diera mil besitos.
Hoy tendría cuatro añitos
y muchos amiguitos.

Hoy tendría cinco años
y por fin iría a la escuela;
su nombre escribiría
y hasta libros pintaría.

Hoy tendría seis añitos
y muchos regalitos;
una bicicleta azulita
y también mucha ropita.

Hoy tendría siete añitos
y estaría algo asustadito
pues me diría: "Mamá, mira,
se me ha caído un dientecito".

Si yo hubiera sabido
que esto me iba a pasar,
jamás a mi bebé querido
hubiese ido a abortar.

Hoy tendría él una esposa
y yo nietos adorables.
Yo misma cavé mi fosa;
soy un ser muy despreciable.

El mejor amigo
del hombre

-Perro, compañero fiel,
amigo, hermano,
e hijo al mismo tiempo.

Nunca de tu garganta
ha brotado una palabra.
¡Siempre tan excéntrico!
¡Siempre tan enigmático!
Viejos, jóvenes y niños
todos te quieren poseer.
Perro, mi fiel compañero,
amigo, hermano,
e hijo al mismo tiempo.

-"Amo", mi pena es inmensa,
soy mudo pero no sordo ni ciego.

Veo un mundo de locos
sin conciencia,
saturado de disturbios
emocionales.

He visto en ti fracasos,
impaciencia en otros casos.

Racionalizando de ellos
te has querido disculpar;
muchas veces hacia mí
te has desplazado,
me has ofendido
y hasta me has golpeado;
y sin tú sospecharlo, en mí,
te has proyectado.

Pero nunca, compañero severo,
torpe y majadero, en mí,
te habrás de identificar.

Entiéndelo de una vez
ya que las cosas son al revés:

No eres mi amo, no soy tu hijo,
ni tu hermano, tampoco soy
tu compañero fiel
y aunque te sepa a hiel
acepta lo siguiente,
acepta que soy tu siquiatra
y tú simplemente eres:
mi esclavo y mi paciente.

A vuestra memoria

Por fin descansaba;
ya no se oían más voces.
Por fin soñaba;
ya no habrían más reproches.

Nunca comprendió
tanta crueldad,
de un mundo sin piedad
que a él no lo apreció.

Todo siempre él lo dio
mas nada a cambio recibió,
en esa forma se marchó;
llevando un gran dolor.

Siempre muy callado
esperando un abrazo,
pero estaba condenado
a que no le hicieran caso.

Oíanse mientras agonizaba
sus quejidos lastimeros,
pues su espíritu lloraba
antes de partir al cementerio.

Sollozaba por los que dejaba,
por aquellos a quienes él amaba.
"La vida es dura", repetía
y repetía en su triste agonía.

Sucedió lo que era justo
y alejose de la humanidad;
donde viviría muy a gusto
por toda una eternidad.

Familiares y amistades ya no vio,
el día que diéronle su último adiós.
Entre rumores y llanto
lo recibió el camposanto.

Poco a poco se marcharon;
poco a poco se alejaron,
ya no había más que hacer;
ya no lo volverían más a ver.

Solo muy solo,
como al mundo vino;
así se fue.

Solo muy solo,
dejando una herida
en todo nuestro ser.

Despedida

Un día en un libro leerás
mis últimos poemas;
los que ya no leíste
después de que te fuiste.

Los versos que escribí
después de que sufrí,
después de amarte tanto,
después de mucho llanto.

Quizás halles en ellos
mucha pena, mucho dolor,
por el sinsabor
de nuestro fracasado amor.

Quizás no encuentres dulzura
pero sí, mucha amargura,
y quizás mucho rencor,
pues eso me dejó tu amor
luego de tu cruel adiós.

Ensueño

"Las poesías más sensitivas escritas
especialmente para todas aquellas
personas románticas.
The most sensitive Hispanic poems
written especially for romantic
people."
— Alicia Nuñez, P.H.D. (Analista literaria)

FRANK
ALVARADO
MADRIGAL

Estudio crítico literario

Secretos

Segundo volumen
de poesías

La poesía lírica de Frank Alvarado Madrigal nos revela en todos y cada uno de sus versos lo que en realidad simboliza la palabra arte. El poeta, utilizando una variedad de temas y un lenguaje sencillo y armonioso, te conduce de la mano a través de bellas figuras retóricas por senderos que, con anterioridad, ya había trazado para ti.

Tema:

Como en todo poeta romántico, sobresalen en sus poesías, temas de la naturaleza, de amor, de desamor, motivos pesimistas, nostálgicos, y de crítica social.

Temas a la naturaleza:

Mientras tú
no estabas

Mientras tú no estabas,
las mariposas *en su volar*
sus colores al jugar
ya no quisieron desplegar.

El alegre trinar
*de los **coloridos pajaritos***
que nos venían a visitar
no se escuchó más.

El sol *se ocultó*
*y en **la tierra***
un nuevo amor
no germinó.

El río *su agua estancó*
y en sus márgenes
*una bella **flor***
ya no floreció.

Mientras tú no estabas,
*a los marineros en **el mar**,*
las lindas sirenas,
ya no quisieron más cantar.

Las olas *a* **las arenas**
su beso de pena dejaron
y en las profundidades
sus lamentos se escucharon.

*El **arco iris** su belleza*
de gris tiñó en sus colores
dejando mucha tristeza
en nuestros corazones.

*El **universo** que un día existió*
ahora carente de movimiento
*a nuestro **planeta** dejó*
*sin su azul **firmamento**.*

Y en un mundo sin metas
*se convirtió este **universo**;*
no se escribió un solo verso
al desaparecer los poetas.

Yo he estado allí...

Yo he estado allí...
*donde los colores de las **flores***
retoñan en nuevos amores,
*donde la **brisa** sin prisa*
brinda una dulce sonrisa,
*donde el **río** riega y baña*
*a la **tierra** su entraña*
Yo he estado allí...

Sistema Planetario Solar

*Por **el espacio** viajaré mirando modas;*
*con **las estrellas** adornaré*
tu velo y tu corona
*y con **las nubes** yo te haré*
el más bello traje de bodas.

Temas de amor:

Imaginándote

Hoy, cierro mis ojos
y miro por doquier,
tu dulce y sonrosada boca
acariciando entre abierta
mis labios embriagados de placer.

Labios Seductores

De la naranja me gusta su jugo
y la miel que tienen las cerezas
pero lo que más me agrada
es el sabor de tus dulces labios
cuando a mis labios besas.

Deseos

¡Quién fuera luz!
¡Quién fuera sol!
para cubrir tu cuerpo
con todo mi amor.

¡Quién fuera el mar!
¡Quién su vertiente!
y a voces gritar
nuestro amor a la gente.

¡Quién fuera el río!
¡Quién su corriente!
para tu amor y el mío
unir para siempre.

Temas de desamor:

Obsesión

Lenta como la miel al caer;
así tardó mi tristeza en desaparecer.
Rápido como el vuelo de un halcón
se fugó el amor de vuestro corazón.

Falso amor

Si tu amor era sincero,
¿Por qué me dijiste:
"Ya no te quiero"?
Si tus promesas
no eran embustes,
¿Por qué me dijiste:
"Ya no me busques"?

Auxilio

En mi mundo existía luz
cuando me mirabas tú;
hoy que ya te has ido
mi vida ha sucumbido,
ya no soy el mismo
y en un oscuro abismo
me encuentro sumergido.

Temas pesimistas:

Inolvidable

Separarnos hemos de,
besarnos un sueño será,
intento inútil rehacer
un ayer que ya hoy
no puede ser.

Sin ti

Ya no podré vivir mi fantasía
    Ya no podré vivir mi felicidad.
Nada ya podré en esta vida,
    nada, nada – si ya no estás.
Mas una cosa si podré:
    Morir en mi soledad.

Te quiero

Gritar que te quiero, sí,
a los mil vientos gritaré
que te quiero, que te amo,
que sin ti vivir; es vano.

Sin palabras

Que tú eras todo en mi vida.
Que sin ti ya no sería
feliz un solo día.
Que sin ti; yo moriría.

Temas nostálgicos:

Secretos

Dejad que sea
mi poesía
la que os platique
acerca de mi vida.

Dejad que sea ella
la que os diga
la noche en que me vio
sollozando bajo las estrellas.

Dejad que en secreto,
os cuente, que **la luna**
lloró junto a mí
el día en que te perdí.

Dejad que mis versos
os manifiesten sobre estas hojas
el día que en el cielo
muriéronse todas las rosas.

¡En fin!
Dejad que sean mis versos
los que te hagan sentir
lo mucho que por ti sufrí.

Obsesión

Lenta como la miel al caer;
así tardó mi tristeza en desaparecer.
Rápido como el vuelo de un halcón
se fugó el amor de vuestro corazón.

Temas de Crítica Social:

Pensión alimenticia

Desprécialo donde quiera que vayas
ya que con intencionada malicia
nunca por tu pensión alimenticia
se preocupó ese canalla.

Monstruosidad

Hoy tendría seis añitos
y muchos regalitos;
una bicicleta azulita
y también mucha ropita.

Hoy tendría siete añitos
y estaría algo asustadito
pues me diría:"Mamá, mira,
se me ha caído un dientecito.

Si yo hubiera sabido
que esto me iba a pasar;
jamás a mi bebé querido
hubiese ido a abortar.

Hoy tendría él una esposa
y yo nietos adorables.
Yo misma cavé mi fosa;
soy un ser muy despreciable.

Lenguaje:

Su lenguaje es sencillo y claro obteniendo, en esta forma, rimas bastante comprensibles encadenadas melódicamente a través de todos sus versos. Un profundo subjetivismo y el uso del **yo** *caracterizan sus poesías.*

Sufrimiento

Mas solo **yo** sabía
que aún **yo** la quería.
Mas solo **yo** sabía
que mi corazón
aún sufría.

En su obra aparecen también términos usados dentro del campo de la psicología.

El mejor amigo del hombre

Racionalizando de ellos
te has querido disculpar;
muchas veces hacia mí
te has **desplazado**,
me has ofendido
y hasta me has golpeado;
y sin tú sospecharlo, en mí,
te has **proyectado**.
Pero nunca, compañero **severo**,
torpe y majadero, en mí,
te habrás de **identificar**.

Imaginería:

Nuestro escritor hace uso de toda su destreza poética por medio del empleo de imágenes; de de esta forma, el lector tiene la oportunidad de recrear los sentidos sensoriales.

Colmena

Perfume de **azucena**
emana de tu **piel;**
tu **cuerpo** es una **colmena**
llena de **exquisita miel.**

Como dos **luceros**
son tus **ojos,**
como **oscura noche**
tu **larga cabellera.**

Como dos **rosas**
son tus **labios rojos,**
que me tienen loco
por la espera.

Labios seductores

De la **naranja** me **gusta** su **jugo**
y la **miel** que tienen las **cerezas;**
pero lo que más me **agrada**
es el **sabor** de tus **dulces** labios
cuando a mis labios besas.

Simbolismo:

Es una de sus mejores armas, usa el calibre perfecto, acierta siempre en el blanco. Simboliza el amor con elementos naturales mencionados en la gran mayoría de sus poesías.

Sangre

*Hay **sangre** que no se ve
corriendo bajo nuestra piel;
escondiendo el pasado,
de un triste ayer.*

*Hay **sangre** que no se ve
con recuerdos por doquier;
con heridas de un pasado,
que mancha nuestro ser.*

*Circula a toda hora
sin prisa ni demora;
desplegando los matices
de profundas cicatrices.*

*Habita en el corazón
y también en la mirada;
siempre está presente
aunque estés ausente.*

*Hay **sangre** que no se ve
ni los doctores la detectan.
roja y amarga como el vino,
compañera en tu destino.*

*Circula por la mente
guardando una esperanza;
vaga entre la gente,
en el tiempo y la distancia.*

Drama un día fue
de una gran pasión;
una bella ilusión
de un atardecer.

Libertad

Un día la **paloma**
de su nido se alejó
buscando nuevos rumbos
contenta ella voló.

Imaginándote

Hoy cierro mis ojos
y miro por doquier,
rayos esmeralda
adornando una **bella flor**
convertida en mujer.

Sistema Planetario Solar

Por el espacio viajaré mirando modas;
con las estrellas adornaré
tu **velo** y tu **corona**
y con las nubes yo te haré
el más bello traje de bodas.

Metáfora:

No cabe duda de las cualidades del autor para tejernos con un fino velo lingüístico las ideas que surcan la mente y nos tocan el corazón.

Rumores

pues **tú eres la joya más querida**
que en mi pecho llevaré
siempre prendida.

Colmena

Perfume de azucena
emana de tu piel;
tu cuerpo es una colmena
llena de exquisita miel.

Auxilio

Sombras tenebrosas
son mis pensamientos,
que como fantasmas
rondan mis adentros,
provocando sin demoras
con el paso de las horas,
un fuerte agitamiento.

Símil:

Las comparaciones literarias, sobre todo en el género romántico,
son muy usadas y nuestro autor las emplea por doquier.

Colmena

**Como dos luceros
son tus ojos,
como oscura noche
tu larga cabellera.**

Obsesión

Lenta como la miel al caer;
así tardó **mi tristeza** en desaparecer.
Rápido como el vuelo de un halcón
se fugó **el amor** de vuestro corazón.

Auxilio

Sombras tenebrosas
son **mis pensamientos,**
que **como fantasmas**
rondan mis adentros,
provocando sin demoras
con el paso de las horas,
un fuerte agitamiento.

Personificación:

Estas figuras retóricas se encuentran insistentemente en la mayoría de sus poesías dándoles gran belleza y usadas por nuestro poeta de una manera muy magistral.

Serenata

Cantaré las más dulces canciones
que jamás poeta haya compuesto.
A través de las constelaciones
mis melodías presto viajarán
para decirte que contigo quiero estar.

Nuestros palpitantes corazones
como niños impacientes jugarán
entre la blanca espuma del mar
y rítmicas olas atestiguarán
el amor que hoy te vine a entregar.

Secretos

Dejad **que sea**
mi poesía
la que os platique
acerca de mi vida.

Yo he estado allí...

Yo he estado allí...
donde **la luna de plata**
entona en la noche su serenata,
donde **felices estrellas**
danzan canciones muy bellas,
donde en el silencio de la noche
no se escucha ni un solo reproche.
Yo he estado allí...

Obsesión

Mi corazón no despierta de su sueño
al creer aún que es tu dueño;
ciego está a la realidad
de que el tuyo está lleno de maldad.

Mientras tú
no estabas

Las olas a las arenas
su beso de pena dejaron
y en las profundidades
sus lamentos se escucharon.

Hipérbaton:

Las siguientes estrofas ilustran el uso del hipérbaton o cambio en el orden sintáctico.

Inolvidable

Separarnos hemos de,
besarnos un sueño será,
intento inútil rehacer
un ayer que ya hoy
no puede ser.

Déjenme llorar

No me den pañuelos;
si fui su ceñuelo,
mis lágrimas hoy
a enjugar no voy.

Mientras tú
no estabas

Mientras tú no estabas,
a los marineros en el mar,
las lindas sirenas,
ya no quisieron más cantar.

Hipérbole:

Las exageraciones literarias se hallan abundantemente en sus poesías. Si fuéramos a enumerarlas habría que ilustrar nuestro estudio crítico literario con casi todas las poesías de este libro. A continuación mostraremos únicamente algunas estrofas de poesías conteniendo ejemplos de hipérboles, con la intención premeditada de permitir a profesores y estudiantes, el comentario literario de otros ejemplos, dentro de este segundo volumen de poesías románticas.

Sufrimiento

No quise darle gusto
a la vida
de que me resucitase
y enterrase
por segunda vez.

Castillo de arena

La luna fue testigo
del más lindo amor
vivido en un castillo
construido, ladrillo
sobre ladrillo,
dentro de mi corazón.

El ánfora mágica

Sobre alfombra volará
desde una tierra muy lejana;
mil palacios le abrirás
esa dorada mañana.

Temporal

Lluvia de amor
tormenta de ilusiones,
huracán de sueños,
tornado de pasiones.

Luz fugaz

Mas fugaz como tu resplandor,
así mi dicha tardó en desaparecer,
quedando yo peor que antes;
con la resta de un feliz ayer
y la suma de un triste amanecer.

Enamorada

La pequeña niña llora,
llora y canta a la vez;
no sabe mi pequeña rosa
que su corazón,
por fin, ha vuelto a renacer.
Aún tú no lo sabes...
y yo, hace tiempo que lo sé.

Aliteración:

Las aliteraciones se hallan en cantidades industriales dentro de sus poesías, dándole un ritmo especial a la musicalidad de sus versos.

Síntomas del amor

¿Has sentido alguna vez
cómo el alma desvanece
sin saber tú qué hacer?

Tu figura se transforma
en simple sombra
sin ninguna brillantez.

¿Has sentido alguna vez
cómo el alma desvanece
sin saber tú qué hacer?

Pérdida de apetito,
de sueño y sensatez;
deseas desaparecer.

Yo he estado allí...

donde el río riega y baña...

donde los sueños son un ensueño...

Una vez más

en mi dulce canción
canté a tu corazón...

Pensión alimenticia

Es un monstruo de maldad
de muy mal sentimiento...

Soledad

¡Que amargo vino
es mi destino!
Migajas de amor
me dio la vida,
sobre mi mesa
fueron servidas,
mas ni eso hoy
es mi comida.

Imaginándote

Es tu mirada núcleo y eje a la vez,
creadora de mágicos destellos
que hoy forman parte de mi ayer;
de esos momentos bellos
que hoy me hacen desfallecer.

Repetición:

Esta estrategia literaria se encuentra en algunas de sus poesías para dar énfasis a los mensajes que el poeta considera deben llegar al lector y de esta manera envolverlo en un mundo único. He aquí algunos ejemplos:

Sufrimiento

**Mas solo yo sabía
que** *aún yo la quería.*
**Mas solo yo sabía
que** *mi corazón
aún sufría.*

Deseos

¡Quien fuera *luz!*
¡Quien fuera *sol!*
*para cubrir tu cuerpo
con todo mi amor.*

Yo he estado allí...

**Yo he estado allí...
donde** *el amor, la alegría y la ilusión
son estrofas de una misma canción,*
donde *no existen penas en los poemas,*
donde *la vida es una bella poesía.*
*Ahora yo te pregunto: ¿Quieres venir
y vivir por siempre feliz? Porque yo...*
Yo he estado allí...

Imaginándote

Hoy cierro mis ojos
y miro por doquier,
rayos esmeralda
adornando una bella flor
convertida en mujer.

Hoy cierro mis ojos
y miro por doquier,
rayos color cielo
realzando a una diosa
convertida en mujer.

Monstruosidad

Hoy tendría ya tres años
y un pastel de cumpleaños;
tres velitas encendidas
y yo ninguna herida.

Hoy tendría cuatro añitos
y me diera mil besitos.
Hoy tendría cuatro añitos
y muchos amiguitos.

Hoy tendría cinco años
y por fin iría a la escuela;
su nombre escribiría
y hasta libros pintaría.

Hoy tendría seis añitos
y muchos regalitos;
una bicicleta azulita
y también mucha ropita.

Métrica:

El artístico uso de la **rima consonante** *o* **perfecta** *es muy empleada en sus poesías. Analicemos la igualdad de todas las letras desde la última acentuada.*

Yo he estado allí...

Yo he estado allí...
donde los colores de las flores
retoñan en nuevos amores,
donde la brisa sin prisa
brinda una dulce sonrisa,
donde el riego riega y baña
a la tierra su entraña.
Yo he estado allí...

Yo he estado allí...
donde la luna de plata
entona en la noche su serenata,
donde felices estrellas
danzan canciones muy bellas,
donde en el silencio de la noche
no se escucha ni un solo reproche.
Yo he estado allí...

Lumbre

Mucho tiempo en silencio he soportado
el mal trato y reproches que me has dado;
tanto de día como de noche me has ignorado
y en mi pecho, mis gritos de angustia, he encerrado.

Rima asonante o imperfecta:

El uso de la **rima asonante o imperfecta** da una inigualable musicalidad a su poesía, las letras consonantes son ignoradas y se mantiene la igualdad de las vocales desde la última acentuada.

Las siguientes estrofas son ejemplos de rima asonante masculina o sea rima imperfecta de de una sola sílaba.

Obsesión

Lenta como la miel al ca**er**;
así tardó mi tristeza en desaparec**er**.
Rápido como el vuelo de un halc**ón**
se fugó el amor de vuestro coraz**ón**.

No puedo aún cre**er**
que todo el quer**er**
que día a día yo te **di**
hoy no exista para **ti**.

Mi corazón se niega a acept**ar**
que hoy te tenga que olvid**ar**;
no quiere comprend**er**
que ya me dejaste de quer**er**.

*Las siguientes estrofas son ejemplos de **rima asonante femenina** o sea **rima asonante de dos sílabas.***

Mientras tú
no estabas

Y en un mundo sin met*as*
se convirtió el univers*o*;
no se escribió un solo vers*o*
al desaparecer los poet*as*.

Monstruosidad

Ya tendría un añit*o*
y daría su primer pasit*o*.
Ya tendría un **añ***o*
y su fiesta de cumpleañ*os*.

Hoy tendría ya tres **añ***os*
y un pastel de cumpleañ*os*;
tres velitas encend*idas*
y yo ninguna her*ida*.

Alicia Nuñez, P.H.D
Analista literaria

Libros escritos por el autor

Poesía:

01. Simplemente tú y yo
02. Secretos
03. Añoranza
04. Ensueño (Antología poética)

Cuento:

01. Las increíbles aventuras del cochinito Oink Link
02. Las increíbles aventuras del sapito Kroak Kroak
03. Las increíbles aventuras del borreguito Eeé Eeé
04. Las increíbles aventuras de la vaquita Muú Muú
05. Las increíbles aventuras de la ranita Ribet Ribet
06. Las increíbles aventuras de la gatita Miau Miau
07. Las increíbles aventuras del perrito Guao Guao
08. Las increíbles aventuras del becerrito Meé Meé
09. Las increíbles aventuras de la gallinita Kló Kló
10. Las increíbles aventuras del patito Kuak Kuak
11. Las increíbles aventuras de la chivita Beé Beé
12. Las increíbles aventuras del gallito Kikirikí
13. Las increíbles aventuras del pollito Pío Pío
14. Las increíbles aventuras del Coquí
15. Las increíbles aventuras de Pancho

Drama:

01. Pitirre no quiere hablar inglés

Books written by the author

Short story *(Bilingual Spanish/English)*

The Incredible Adventures of Cock-a- dottle-doo, the Little Rooster
The Incredible Adventures of Pew Pew, the Little Chicken
The Incredible Adventures of Kluck Kluck, the Little Hen
The Incredible Adventures of Kuack Kuack, the Little Duck
The Incredible Adventures of Oink Oink, the Little Pig
The Incredible Adventures of Bow Wow, the Little Dog
The Incredible Adventures of Meow Meow, the Little Cat
The Incredible Adventures of Baa Baa, the Little Goat
The Incredible Adventures of Moo Moo, the Little Cow
The Incredible Adventures of Maa Maa, the Little Calf
The Incredible Adventures of Baaaa Baaaa, the Little Lamb
The Incredible Adventures of Kroak Kroak, the Little Toad
The Incredible Adventures of Ribbit Ribbit, the Little Frog
The Incredible Adventures of Coqui
The Incredible Adventures of Pancho

Poetry *(Spanish)*

Simplemente tú y yo
Secretos
Añoranza
Ensueño (Antología poética)

Drama *(English)*

Pitirre Does not Want to Speak English